This Journal Belongs To:

....

....

Date:

Date: _____

Date: _____

Date: _____

Date:

Date: _____

Date: _____

Date: _____

Date:

Date: _____

Date: _____

Date:

Date:

Date:

Date: _____

Date: ───────────────

Date: ———————————

Date: _____

Date:

Date: _____

Date: _____

Date:

Date: _____

Date: _____

Date: ───────────────

Date: _____

Date: —————————

Date:

Date:

Date:

Date: _____

Date:

Date:

Date: _____

Date: ———————————————

Date: _____

Date: _____

Date: _____

Date: _____

Date: ———————————

Date: _____

Date: _____

Date: _____

Date: _____

Date:

Date: _____

Date: —————————————————

Date:

Date: _____

Date:

Date: _____

Date: _____

Date: ———————————————

Date:

Date:

Date: ———————————

Date: ───────────────

Date: _____

Date: _____

Date: ───────────

Date: _____

Date: ───────────────────

Date: ───────────────

Date: _____

Date: _____

Date: —————————————

Date: _____

Date: _____

Date: ───────────────

Date: ───────────────

Date:

Date:

Date: _____

Date: _____

Date: _____

Date:

Date: _____

Date:

Date: _____

Date: _____

Date:

Date: _____

Date: ───────────────────

Date: _____

Date: _____

Date: _____

Date:

Date:

Date: ───────────────

Date: _____

Date: ———————————————

Date: _____

Date: —————————————

Date:

Date: _____

Date: _____

Date: _____

Date: _____

Date: _____

Made in the USA
Monee, IL
19 January 2022

89363627R00059